如果人生
If Life

是一张
is a

精选辑
Special Issue

网易云音乐 编

人民日报出版社

图书在版编目（CIP）数据

如果人生是一张精选辑/网易云音乐编 .-- 北京：
人民日报出版社，2022.12

ISBN 978-7-5115-7603-3

Ⅰ.①如… Ⅱ.①网… Ⅲ.①随笔—作品集—中国—
当代Ⅳ.① I267.1

中国版本图书馆 CIP 数据核字（2022）第 253364 号

书　　名：如果人生是一张精选辑
　　　　　RUGUO RENSHENG SHI YIZHANG JINGXUANJI
编　　者：网易云音乐
出 版 人：刘华新
责任编辑：林　薇　陈　佳
装帧设计：观止堂_ 未　氓

出版发行：人民日报出版社
社　　址：北京金台西路 2 号
邮政编码：100733
发行热线：(010) 65369509　65369527　65369846　65363528
邮购热线：(010) 65369530　65363527
编辑热线：(010) 65363486
网　　址：www.peopledailypress.com
经　　销：新华书店
印　　刷：北京博海升彩色印刷有限公司
法律顾问：北京科宇律师事务所　010-83622312

开　　本：787mm×1092mm　1/32
字　　数：80 千字
印　　张：11.75
版次印次：2023 年 1 月第 1 版　2023 年 1 月第 1 次印刷

书　　号：ISBN 978-7-5115-7603-3
定　　价：49.80 元

序

网易云音乐

俗话说，见字如面。

于情、于理，都应该先说声"你好"。但这次我们得先道一声"对不起"。道歉的主要原因是可能存在的莽撞：我们试图在时光机没被发明时，用一本写满乐评的书，带你穿行一生。

正式穿行前，想请你思考两个问题：10年前你在听什么歌？如今再听这些歌，你又会想起些什么？是懵懂无知却又无所畏惧的少年意气？是耳机线穿过校服衣袖的青葱时光？或是不可预知又依旧如约而至的中年无常？

那些散落在音乐中的细碎时光，让我们得以回到过往，也给予我们预见未来的力量。

我们常说人生如歌。但人生又怎么会仅仅是一首歌？我们更倾向于认为，人生是一张音乐精选辑，如果把人生的每个阶段都谱成一首歌，那么，乐评就是其中的歌词。

我们对这些乐评进行搜集，为的是把人生中的困惑、喜悦、无奈、焦虑、顺意、奋进、渴望、隐忍、理想，一一摊开来给你看，试图借此窥探人生的兆亿分之一。

但我们并非只有莽撞和不自量力。底气在于，云村的乐评足够多，多到我们可以在浩如烟海的乐评里，寻找那一点心意相通。

于是，就有了这本《如果人生是一张精选辑》，这本小书收录的，是散落在岁月长河中的人生足迹，是成长追梦路上的种种际遇。我们梳理出100个人生关键词和200余条乐评，希望你可以从中窥见人生一隅。如是而已。

目 录

打开手机，

进入本书歌单。

让这些饱藏着故事的音乐，

陪伴你走过触动思绪的每一页。

问小孩

Problem Child

出生

Birth

很抱歉没经过你允许就把你带到这个世界，但你要记得，你的敏感、不安、小心翼翼，每个特质都永远是无比珍贵和美丽的。

来自网易云音乐村民冬日遛狗在《出生》歌曲下方的评论

所有的出生都是美丽的。

来自网易云音乐村民今天听歌了蛮在《出生》歌曲下方的评论

为什么

Why

小学时创立青龙帮，
硬是被班主任掰成了
青龙学习小组。

来自网易云音乐村民 jannabiii
在《童年》歌曲下方的评论

我把美梦放冰箱
长大再拿行不行？

来自网易云音乐村民小张就是小叮当
在《问题小孩》歌曲下方的评论

儿童节
Children's Day

我在和儿子听《蓝精灵》，
一遍又一遍，
儿子在过童年，
我在回忆童年。

来自网易云音乐村民眯乎不溜
在《蓝精灵》歌曲下方的评论

当你最后一次把电视台切到央视少儿频道的时候，你甚至从来都没有意识到那是最后一次，童年就这样匆匆地结束了。

来自网易云音乐村民叶月肇在《大风车》歌曲下方的评论

童话
Fairy Tales

就算世界无童话，
也要露出大白牙。

来自网易云音乐村民 今天十二也要开心
在《就算世界无童话》歌曲下方的评论

过家家
Pretend Play

我们都是用朴素的童真与未经人事的洁白，交换长大的勇气。

来自网易云音乐村民 NS-------- 在《童年》歌曲下方的评论

两只老虎
Two Tigers

当你能听懂《童年》时，
你已不是童年。

来自网易云音乐村民 -_- 五柳先生
在《就算世界无童话》歌曲下方的评论

以后想和自己的闺女一起弹，
我弹，她在椅子上捣乱，
软软的头发在阳光下是金色的。

来自网易云音乐村民 Arcturuser
在《4 Impromptus Op.142, D.935:No.3 in B flat:
Theme (Andante) with Variations》歌曲下方的评论

17

压岁钱
Lucky Money

真希望，收到红包的时候，里面写着"再来一包"。

来自网易云音乐村民 Zaincoid 在《好运来》歌曲下方的评论

从小到大你经历过哪些刻骨铭心的谎言？
—— 压岁钱我们先帮你存着。

来自网易云音乐村民 Bvicii 在《春风十里报新年》歌曲下方的评论

棒棒糖
Lollipop

好想回到小时候，放学回到家厨房里飘出妈妈做的饭菜香味，爸爸在沙发上打着呼噜睡着了，我拿着遥控器偷偷换到央视少儿频道，电视里唱着《大风车》。

来自网易云音乐村民橘子七月半在《快点告诉你》歌曲下方的评论

风筝
Kite

其实风筝也有恐高症，
只是信任牵着他的人。

来自网易云音乐村民 Sun_welcome
在《风筝》歌曲下方的评论

放风筝的时候，
风筝和人都不自由。

来自网易云音乐村民 葉拾貳 -
在《风筝》歌曲下方的评论

奥特曼
Ultraman

你们成熟点吧，世界上怎么可能没有奥特曼。

来自网易云音乐村民耿耿餘淮 -
在《奇迹再现》歌曲下方的评论

奥特曼的主题从不是相信光，而是相信你自己。

来自网易云音乐村民夏天睡一天在《M八七》歌曲下方的评论

西游记

Journey to the West

贫僧自东土大唐而来，往西天取经而去。
—— 知道自己是谁、从哪里来、要到哪里去（哲学三大终极问题）的人是了不起的。

来自网易云音乐村民盘龙刘为在《云宫迅音》歌曲下方的评论

中文八级听力题目：《西游记》开篇音乐是以下哪一个："咻咻咻，——————。"

A. 等等等等登登登灯

B. 凳登凳登凳登凳登

C. 灯灯灯灯等等等等

D. 邓登等凳灯登灯等

来自网易云音乐村民 daladidali
在《云宫迅音》歌曲下方的评论

汽水儿
Soda

我的口袋里有糖，遇到喜欢的人就给，总有一个人会接受并且不再吝啬地和我分享他的汽水。

来自网易云音乐村民我不是人鱼线在《意外》歌曲下方的评论

梦想
Dream

所有的事到最后都会变成好事，
如果没有，那就还没到最后。

来自网易云音乐村民晚风的邂逅
在《然后我们成了想成为的人》歌曲下方的评论

完成了童年理想，
童年又成了理想。

来自网易云音乐村民马骥 MF
在《问题小孩》歌曲下方的评论

长大
Grow Up

今天刚背到一个单词 prime，
意思是青春，同时也是最好的。

来自网易云音乐村民生世独
在《尚好的青春》歌曲下方的评论

小时候词不达意，长大后却言不由衷。

来自网易云音乐村民知道自己还有自己不知道的地方
在《词不达意》歌曲下方的评论

小孩眺望远方，成人怀念故乡，
我们从挣扎着松绑到思念的投降，
大概这就是成长。

来自网易云音乐村民偷偷的叹了口气
在《外婆桥》歌曲下方的评论

山前山后各有风景，
有风无风都会自由。

来自网易云音乐村民动物园在逃考拉呀
在《西湖》歌曲下方的评论

17 岁的时候，春风得意马蹄疾，不信人间有别离。
20 岁以后才发现把想念和爱意说满了会给别人造成
负担，才懂得，人生是场必散席。

来自网易云音乐村民张璟璟
在《I Know You Know I Love You》歌曲下方的评论

青春 *Youth Souvenir* 纪念
春 Book 册念

三好学生

Merit Student

夏天的惊喜是兜风、晚霞、冰西瓜和努力以后的那句"我终于可以"。

来自网易云音乐村民菜饼饼不网抑
在《记·念（2022 夏日告别版）》歌曲下方的评论

绝交
Break Up

有些人不离开你，你永远不会长大。

来自网易云音乐村民 kwave_ 在《爱,很简单》歌曲下方的评论

我故意不理你的时候，
比你不理我的时候更难受。

来自网易云音乐村民 n 初墨 - 在《哪里都是你》歌曲下方的评论

希望我们冰释前嫌，再也不相见。

来自网易云音乐村民涵的忧伤在《消愁》歌曲下方的评论

断绝关系是容易的，难的是
停止思念和不再回头。

来自网易云音乐村民 Klliox 在《11》歌曲下方的评论

你知道红色感叹号吧，
我对着它聊了 411 天。

来自网易云音乐村民 TH-THD 在《嗜好》歌曲下方的评论

真正想走的人，
关门声最小。

来自网易云音乐村民你最挂念谁丿
在《陪我看日出》歌曲下方的评论

外号
Nickname

有一天我可能会忘记你们的名字，
但是我一定会记得你们的外号。

来自网易云音乐村民埃洛瓦
在《想你的旧名字》歌曲下方的评论

初恋
First Love

高中是用来等的，
等你喜欢的人也喜欢你。

来自网易云音乐村民 dodollyy
在《美好事物》歌曲下方的评论

他是我声色张扬下欲盖弥彰的温柔理想。

来自网易云音乐村民啥时候都睡不醒 -
在《笑也恍然, 梦也恍然》歌曲下方的评论

第一任其实不叫初恋，
第一个你深爱的人才叫初恋。

来自网易云音乐村民盗将行乀
在《How I make you feel so》歌曲下方的评论

理想

Dream

既然是做梦，就干脆做大点儿。

来自网易云音乐村民冰块番薯仔在《送你一匹马》歌曲下方的评论

我怕有一天现实太饿，把理想给吃了。

来自网易云音乐村民与云的秘密
在《祝你如愿以偿》歌曲下方的评论

合群
Gregarious

低质量的"合群"，不如高质量的"独处"。

来自网易云音乐村民千里睡瞌睡
在《独角兽（Loner）》歌曲下方的评论

小字条
Note

— 在我们情窦初开的那些年，你收过最感动的小字条是什么？

— AACBA CCBCD ACBCD BBDCA

大题等一会儿

来自网易云音乐村民酸奶别加热 la 在《ゴーゴー幽霊船》歌曲下方的评论

柜子里还藏着你传给我的小字条，
不是情书我却视若珍宝。

来自网易云音乐村民红红绿绿红绿红绿绿红绿红红在《情书》歌曲下方的评论

如果我是那份不及格的卷子，我想看看标准答案。

来自网易云音乐村民茶百道爱好者在《匆匆那年》歌曲下方的评论

校服
Uniform

谢谢你陪我校服到礼服。

来自网易云音乐村民大树好不好
在《不说再见》歌曲下方的评论

校服是我和她穿过的唯一情侣装，
毕业照是我和她唯一的合影。

来自网易云音乐村民 6 唐僧洗头用飘柔 9 在《那些年》歌曲下方的评论

叛逆
Teenage

你是我青春的最美句读。

来自网易云音乐村民时间重演杀人事件
在《谁的青春不叛逆》歌曲下方的评论

那些年少的时光里，
我们曾像一株野草，
疯狂地生长，肆意地叛逆。

来自网易云音乐村民鲞鱼卷
在《疯长》歌曲下方的评论

偶像
Idol

真正的追星不是看一眼他的海报，然后继续玩手机；而是看一眼他的海报，下一秒就低头努力做题。

来自网易云音乐村民晴爷不吃鱼在《不负寒窗》歌曲下方的评论

能出现在草稿纸上的名字
都意义非凡。

来自网易云音乐村民网友小北在《泡沫》歌曲下方的评论

校花校草
Popular Students

漂亮不需要定义，
你就是自己的主角。

来自网易云音乐村民 sukint
在《水星记》歌曲下方的评论

什么叫少年感？他能让你想起湛蓝的天、植物的味道和晨曦的光。他会有蓬松柔软的头发、明朗的笑容、清风明月般的温柔。他有少年侠气，亦存柔软心肠。他胸腔有燃烧的血，还有一身坚硬的骨。他若冲我笑起来，一定会心动。

来自网易云音乐村民 - 芸若玉溪染瑟 - 在《忆少年》歌曲下方的评论

暗恋是风，喜欢是海啸。

来自网易云音乐村民 hello 黑曼巴
在《你是人间四月天》歌曲下方的评论

三八线
Deskmates

故事都是从成为同桌
或一个好友申请开始的。

来自网易云音乐村民 Q 阿歪歪
在《同桌的你》歌曲下方的评论

运动会
Sports Meeting

少年灌风的校服，
裹着我整个青春里最盛大的秘密。

来自网易云音乐村民 Celebrate-07 在《这世界那么多人》歌曲下方的评论

暑假
Summer Holidays

真的好喜欢夏天，喜欢夏天的西瓜、冰激凌。还有夏天热烘烘流了一身汗，和小伙伴在外面玩了一天，傍晚回家洗个澡，舒舒服服地上天台吹着晚风看星星，听着知了叫着，听着妈妈的唠叨。而且夏天似乎对于小朋友来说都很漫长，暑假作业也可以慢慢地写，在村庄到处游荡，晒得黑黑的，却很开心。

来自网易云音乐村民云的墨在《夏天》歌曲下方的评论

好像又回到了童年，咖啡、带着油墨香味的书、暑假、旁边小店的牛肉面、书店里的新奇文具、饿了和朋友一起去吃的炒粉、能小心坐上去的书架底层的台子，还有妈妈带来的小坐垫。像梦一般。

来自网易云音乐村民 - 辞取 - 在《Bluebird》歌曲下方的评论

匆匆那年

Fleet of Time

军训
Military Training

我们开始于一二一，结束于三二一。

来自网易云音乐村民我才不要下山
在《再见,再见》歌曲下方的评论

军训四大酷刑：
敬礼不礼毕，蹲下不起立，
摆臂不换臂，正步不换腿。

来自网易云音乐村民 Rain丶空
在《一二三四歌》歌曲下方的评论

室友

Roommates

你好像瘦了，头发也变长了，背影陌生到让我觉得，见你是上个世纪的事。你开口叫我的名字，我就想笑，好像自己刚刚放学，只在校门口等了你五分钟而已。

来自网易云音乐村民追风筝的我在《后来》歌曲下方的评论

今天室友都走了，
从五湖四海来，
又回到五湖四海去。

来自网易云音乐村民长岛没有酒馆
在《那些花儿》歌曲下方的评论

这扇门一旦关上，
再打开就是别人的故事了。

来自网易云音乐村民 Ttsvn 在《再见，再见》歌曲下方的评论

大一时六人在一间寝室里，腻腻歪歪。
五年后六人在一张地图上，散落各地。

来自网易云音乐村民随便拿在《我与青春在赛跑》歌曲下方的评论

那些没有认真说"再见"的人，
今后还会再见面的。

来自网易云音乐村民 001Holmes 在《再见》歌曲下方的评论

新朋友不知道旧脾气，
老朋友不知道新生活。

来自网易云音乐村民揪心的少女与漫长的白日梦
在《最佳损友》歌曲下方的评论

必修课

Compulsory Course

爱对了人是运气，
爱错了人是青春。

来自网易云音乐村民 pzzs
在《等不到的爱》歌曲下方的评论

逃课
Truancy

全班合唱了这首歌，我没哭；
老师让我们脱下校服，我哭了。
以后逃课没人管我应该高兴，
可是再回来保安要驱赶我了。

来自网易云音乐村民只愿与艾拉重逢
在《记念（2022 夏日告别版）》歌曲下方的评论

毕业了，再也不用逃课，因为不会再有课了。

来自网易云音乐村民先生请你全力以赴地开心
在《同桌的你》歌曲下方的评论

江苏大学文学院的老师说，"我会给你们两次逃课的机会，一定会有什么事比上课重要，比如，楼外的蒹葭，或者今晚的月亮。"

来自网易云音乐村民 - 氕疝钾_在《颜料》歌曲下方的评论

学生会
Student Union

学生会：对不起同学，你这头发不符合学校规定，请出示一下校牌。

来自网易云音乐村民丘山椒在《漫漫人生路》歌曲下方的评论

十佳歌手
Top 10 Singers

没有人知道十佳歌手那天，我的歌是唱给你听的。如果我唱不出温柔的歌，你能不能直接来看一看我温柔的心？

来自网易云音乐村民 Caferry 在《最佳歌手》歌曲下方的评论

十佳歌手那天我唱了这首歌，跑调了。
后来发现人生如歌，此后我的一生都在跑调。

来自网易云音乐颀内蹦迪专用在《不染》歌曲下方的评论

图书馆
Library

外面大雪纷飞，在自习室埋头做题，手边是一杯还冒着热气的黑咖啡，耳机里突然放这首歌，觉得真好啊，上岸的日子一定就在眼前了……

来自网易云音乐村民兔牙要藏好在《倔强》歌曲下方的评论

准备考研的时候随机听到这首歌，身边都是一页又一页默念着知识点的同学，在图书馆的位置上突然眼睛湿润。好想哭，但又不能哭。我要等到上岸的那天，成为想成为的大人。一研为定！

来自网易云音乐村民 planet-hunter 在《是你想成为的大人吗》歌曲下方的评论

考研还有 12 天，闭馆门口收到社团送的苹果，上面贴着"光就在前方，熬过就是出众"。

来自网易云音乐村民高个子的卷毛在《孤勇者》歌曲下方的评论

爱情

Love

两个人的爱情就像在拉扯一根橡皮筋，后放手的那个人一定会被打得很痛。

来自网易云音乐村民 Miss 陈兰馨在《十年》歌曲下方的评论

不够勇敢，足够遗憾。

来自网易云音乐村民一夫哥昨天说了什么
在《他和她》歌曲下方的评论

**我有整个宇宙想讲给你听，
张嘴却吐不出来半粒星尘。**

来自网易云音乐村民芳心纵火犯 Biu_857
在《理想三旬》歌曲下方的评论

在心中你陪我看每一个日出。

来自网易云音乐村民 SimLi 在《陪我看日出》歌曲下方的评论

小说读了两遍，电影看了七遍，
歌曲听了几百遍，偷看你不计其遍。

来自网易云音乐村民低维生物在《那些年》歌曲下方的评论

下意识躲开是因为紧张，
回头看是因为喜欢。

来自网易云音乐村民余万生在《留在身边》歌曲下方的评论

为什么是三遍想见你？因为愿望可以许三个，全都是想见你……

来自网易云音乐村民谁谈了我的恋爱
在《想见你想见你想见你》歌曲下方的评论

背叛
Treachery

让你失望的人怎么可能
只让你失望一次。

来自网易云音乐村民情感文字君
在《像风走了八千里》歌曲下方的评论

**通讯录中未必都是朋友，
黑名单里却总有故人。**

来自网易云音乐村民 VG 南雀
在《感谢你曾来过》歌曲下方的评论

你会不会突然有一天想起我的好，然后满是遗憾。

来自网易云音乐村民 _ 吃货悦悦在《山楂树之恋》歌曲下方的评论

当你毫无保留地信任一个人，最终只会有两种结果，不是生命中的那个人，就是生命中的一堂课。

来自网易云音乐村民仰望星空真美呀在《You Belong To Me》歌曲下方的评论

实习

Internship

总不能还没努力就向生活妥协吧。

来自网易云音乐村民博文 Fighting 在《我曾》歌曲下方的评论

独自撑伞的日子，
也一定要顺顺利利。

来自网易云音乐村民菜园子已被注册
在《飞》歌曲下方的评论

毕业后，好多事情都被颠覆。原来校花也会变丑，原来找工作可以和专业无关，原来大家对未来都一样焦虑，原来不上课不考试真拿不到学位证，原来第一份工作工资那么少，原来招聘会挤都挤不进去，原来毕了业嫁人也很难。原来，读书真好。

来自网易云音乐村民那天边飘过的云彩在《突然的自我》歌曲下方的评论

上岸
Offer

人生绝不该永远如此彷徨，
它一定不仅是梦幻觉与暗月光。

来自网易云音乐村民痞子蔡第二在《生之响往》歌曲下方的评论

在我们这个年龄，考上了就是最好的文案。

来自网易云音乐村民恋珺日记 - 在《友情出售》歌曲下方的评论

好运的降临往往是因为多坚持了一会儿，
多走了几步，多拐了一个弯，多找了一条路。

来自网易云音乐村民 _ 刘小一 _
在《你是我不请自来的好运》歌曲下方的评论

伸手抓星星，即使一无所获，也不至于满手泥土；
心中点亮灯，即使夜路漆黑，也能生出勇气做伴。

来自网易云音乐村民星季元在《The Whisper Of Galaxy》歌曲下方的评论

海底没有四季，你得上岸看。

来自网易云音乐村民望舒 _Rita 在《海底(Live)》歌曲下方的评论

理想主义的花，最终会盛开在浪漫主义的土壤里。我的热情永远不会熄灭在现实的平凡之中。我们终将上岸，阳光万里。

来自网易云音乐村民葵 _x
在《年轻的虚无主义者》歌曲下方的评论

散伙饭
Farewell Party

所谓人生嘛，就是遇见你们啦！

来自网易云音乐村民小蛙 - 在《不说再见》歌曲下方的评论

候鸟是留不住的，
过了季节就会走，人也是。

来自网易云音乐村民 - 想在见 1 面 _ 在《盛夏》歌曲下方的评论

时间很慢，夏天很长。
一首老歌唱了又唱，
一些人会永远放在心上。

来自网易云音乐村民吾怀南笛予尔笙箫
在《昨日青空》歌曲下方的评论

毕业
Graduation

所以这个夏天过后，
衬衫的价格还会是九镑十五便士吗？

来自网易云音乐村民我嶷想吃火锅 L 在《记念（2022 夏日告别版）》歌曲下方的评论

**其实，每次道别之后，
我都有悄悄回头过。**

来自网易云音乐村民静崽 ovo-lova
在《设计》歌曲下方的评论

凤凰花一年开两季。
一季新生来，一季老生走。

来自网易云音乐村民夏夜凌灵七
在《凤凰花开的路口》歌曲下方的评论

理想
Dream

理想之所以美，就是因为不管什么时候抬头去看，它都闪闪发亮。

来自网易云音乐村民在下沈荇在《不期而遇》歌曲下方的评论

你错过了落日余晖，却可以期待繁星满天。

来自网易云音乐村民你從柔和明媚的艷陽天走過來 -
在《翅膀》歌曲下方的评论

半山腰总是最挤的，你得去山顶看看啊！

来自网易云音乐村民山川邀吻
在《无名之辈》歌曲下方的评论

你才二十几岁，可以成为
任何你想成为的人。

来自网易云音乐村民鹪鹩在《Offline》歌曲下方的评论

凌晨四点哪有太阳，只不过是炽热的台灯和闪闪发光的理想。

来自网易云音乐村民 SoQee 在《等着等着就老了》歌曲下方的评论

入
*Into
the Sea*

海

漂

Wander

进不去的城市，
回不去的故乡。

来自网易云音乐村民 GONYON
在《北京北京》歌曲下方的评论

小时候想离家，
长大后想回家。

来自网易云音乐村民侯大侃
在《我在北京挺好的》歌曲下方的评论

> **曾梦想仗剑走天涯，现如今健步挤公交。**
>
> 来自网易云音乐村民周浩然
> 在《曾经的你 (Live)》歌曲下方的评论

如今对自己的故乡像是来往匆匆的过客。

来自网易云音乐村民 high 套 o
在《留在心间》歌曲下方的评论

北京容不下肉身，
三、四线放不下灵魂。

来自网易云音乐村民一米三的小老虎
在《一个人的北京》歌曲下方的评论

北京空荡得全是人，
却拥挤得没有你。

来自网易云音乐村民小九 --
在《一个人的北京》歌曲下方的评论

人应该有力量揪着自己的头发把自己从泥地里拔起来。

来自网易云音乐村民没有故事的李嘉图
在《你一定能够成为你想要去成为的人》歌曲下方的评论

成长
Mature

靠自己虽然很辛苦，
但我还是会选择那种滚烫的人生。

来自网易云音乐村民奋斗的小 yi 在《我很好（吉他版）》歌曲下方的评论

生活就是晨起暮落，
日子就是早出晚归，
富贵也就是一日三餐。

来自网易云音乐村民葉拾贰 -
在《Never Grow Old》歌曲下方的评论

小时候总骗爸妈"我没钱了"，
现在总骗爸妈"没事我还有钱"。

来自网易云音乐村民千祈唔好钟意我在《爸爸妈妈》歌曲下方的评论

老板
Boss

离乡四年了，终于明白那句
"工作后，家乡只有冬天。"

来自网易云音乐村民芒果牛奶 -- 在《安静的美好》歌曲下方的评论

急着上班，急着吃饭，急着干活，急着升职加薪，急着证明些什么，生活，其实可以不用这么着急。

来自网易云音乐村民谁都别拦着我弃号了在《Slow Down》歌曲下方的评论

星座
Constellation

研究过你的星座
也偷听过你的歌单。

来自网易云音乐村民季晦
在《温热蝙蝠日记 Acoustic》歌曲下方的评论

多少人把性格交给星座，把努力交给鸡汤，把考试交给锦鲤，然后对自己说"听过许多道理，依然过不好这一生"。

来自网易云音乐村民浪漫复仇在《太多》歌曲下方的评论

执着于星座配对
可怎么配都配不对。

来自网易云音乐村民美式咖啡鱼
在《表面的和平》歌曲下方的评论

没有不适合的星座，
只有不适合的人。

来自网易云音乐村民牵着张哈哈
在《For What It's Worth》歌曲下方的评论

**如果遇见好人就算命运，
我遇见你就叫注定吧。**

来自网易云音乐村民臆丿
在《Till It HappensYou》歌曲下方的评论

喜欢你让我从坚定的唯物
主义者变得有点迷信。

来自网易云音乐村民暖铅凉菇在《因为爱情》歌曲下方的评论

基金
Funds

买基金，please don't cry。

来自网易云音乐村民恐婚的兔子在《My Jinji》歌曲下方的评论

如果你买一只股票的仓位已经重到让你睡不着，
就应该减持一点；
如果你爱一个人的感情已经多到让你患得患失，
就应该少爱一点。

来自网易云音乐村民温柔的熊喝可乐
在《Yumeji's Theme》歌曲下方的评论

如果能返老还童，那么我一定不会错过
1990 年代的股票、2000 年代的外贸、
2010 年代的淘宝和前几年的公众号。

来自网易云音乐村民 Kerry_qaz 在《返老还童》歌曲下方的评论

网抑云
EMO

日子和我，都有些难过。

来自网易云音乐村民溶胶在《用生命写故事》歌曲下方的评论

多难过，歌单知道，
枕头知道，你不知道。

来自网易云音乐村民 -Fov107n
在《绿色》歌曲下方的评论

相亲
Blind Date

爱情就是这样的，碰巧而已。

来自网易云音乐村民愚民 C 在《爱人错过》歌曲下方的评论

爱情和礼物都不能伸手去要。

来自网易云音乐村民 24-七在《鱼仔》歌曲下方的评论

你才见过几个人啊，
怎么就非他不可呢？

来自网易云音乐村民关掉月亮 _lv
在《等到世界颠倒》歌曲下方的评论

爱情
Love

你感情路不顺吗？ 顺啊，一路上都没什么人。

来自网易云音乐村民娆不比风情
在《ALWAYS》歌曲下方的评论

后来我发现，原来真的会有两个人，互相喜欢，互相惦念，互相忘不掉，却没有在一起。

来自网易云音乐村民你已经快乐在《水星记》歌曲下方的评论

温柔是故事的开头，
敷衍是散场的开始。

来自网易云音乐村民小周 uuu
在《晚风》歌曲下方的评论

原来真的有人把回忆
谈得比恋爱还长。

来自网易云音乐村民 wyym-ii
在《漠河舞厅》歌曲下方的评论

我说过爱你，
但这不妨碍我错过你。

来自网易云音乐村民我一直相信爱笑的人运气都不会差
在《爱人错过》歌曲下方的评论

慢点走，为什么？他在后面。

来自网易云音乐村民 _ 歆 _ 欢 _ 在《晚安》歌曲下方的评论

去喜欢没有结果的人，是我做过最勇敢的事。

来自网易云音乐村民海盐拜托了
在《别问很可怕》歌曲下方的评论

"我喜歡你"为什么是繁体字？
因为不是简单的喜欢。

来自网易云音乐村民 T__6oyeisy 在《别问很可怕》歌曲下方的评论

我们的聊天记录是我看过的最难过的小说。

来自网易云音乐村民沈念雯在《最长的电影》歌曲下方的评论

"爱是什么呢？"爱是千万次叹息，
　爱是反反复复，爱是今晚想通明天又沦陷。

来自网易云音乐村民記住穎 _ 在《你还要我怎样》歌曲下方的评论

遗憾
Regret

不想和你看同一个月亮了，
只想和你一同看月亮。

来自网易云音乐村民想做梦的梦在《愿你有故乡》歌曲下方的评论

从此以后，和你聊天，多一句怕打扰，少一句怕遗憾。

来自网易云音乐村民心碎音乐电台在《这一次我们别说话了》歌曲下方的评论

走散的时候有千言万语想对你说，
到最后却只说了一句"祝你幸福"。

来自网易云音乐村民关于王子在《我走后》歌曲下方的评论

后来才知道，"祝你前程似锦"是告别的意思。在人海中相遇的人，终究要归还于人海。

来自网易云音乐村民米娅的日记
在《凤凰花开的路口》歌曲下方的评论

关于遗憾的意义，不是我做不到，而是本来我可以。

来自网易云音乐村民 first-kisss 在《晚安》歌曲下方的评论

首付
Down Payment

这万家灯火，终于有了属于我的一盏。

来自网易云音乐村民蠢仔 a 在《老街》歌曲下方的评论

份子钱
Red Packet

你举办婚礼的那天，我会去。看看到底是谁嫁给了我朝思暮想的那个人。

来自网易云音乐村民自乘 _I 在《嘉宾》歌曲下方的评论

旅行
Travel

在海边接吻吧，与落日共消散。

来自网易云音乐村民你是不是不是不是不是在《Coffee's On Me》歌曲下方的评论

如果一个女生突然想去旅行，证明她不快乐；
如果她一直想去旅行，但却一直没有出发，
证明她又穷又不快乐。

来自网易云音乐村民温笛 Wendy 在《一起去旅行》歌曲下方的评论

初老症
Early Senility

懒得交新朋友的原因，是懒得从头交代自己的人生。

来自网易云音乐村民壮壮驼 _ 在《哑牛》歌曲下方的评论

终于认清"老天爷真的很忙"，
开始坦然接受所有事情的结局。

来自网易云音乐村民 Alva-Yu 在《可惜没如果》歌曲下方的评论

理想
Dream

愿你成为自己的太阳，
无须凭借谁的光。

来自网易云音乐村民夏天的夏 _SA
在《给自己的情书》歌曲下方的评论

很喜欢地铁里的一句话：
"请往前走，不要在此停留。"

来自网易云音乐村民陳末 _0727 在《给自己的歌》歌曲下方的评论

我喜欢春天的花、夏天的树、秋天的黄昏、冬天的阳光和每天的你。

来自网易云音乐村民 ShiLiHui- 在《春夏秋冬的你》歌曲下方的评论

愿我三旬时，理想依然在，
孤独别醒来。

来自网易云音乐村民牛顿倒立吃苹果
在《理想三旬》歌曲下方的评论

如 约 而 至
▌ *A Matter of Time*

结婚
Matrimony

世界上有很多迷人的花，
可我还是喜欢有结果的树。

来自网易云音乐村民雾与晨的解忧杂货店
在《稳稳的幸福》歌曲下方的评论

想牵你的手，敬各方来宾的手。

来自网易云音乐村民我很想认识你在《往后余生》歌曲下方的评论

要是喜欢和合适撞个满怀就好了。

来自网易云音乐村民就叫琪琪好了 - 在《稳稳的幸福》歌曲下方的评论

婚礼上他们说，"直至死亡才能将我们分开"，
最后离婚是因为他忘记买盐回家。

来自网易云音乐村民想去热河路理个发在《故事》歌曲下方的评论

痒
Itch

40 岁我们再相遇，你问我"什么是风花雪月"，我说"一个成语而已"。

来自网易云音乐村民上午十一点十三分
在《她来听我的演唱会》歌曲下方的评论

他不会中年脱发，不会发福啤酒肚，他永远阳光朝气，穿着浅蓝色的校服站在高中洒着太阳光的操场，站在我的心尖，烙在我的十七八岁。

来自网易云音乐村民 - 念晓在《风吹过八千里》歌曲下方的评论

辞职
Resign

我喜欢导航里的那句话：
"请在适当位置掉头，已重新为您规划路线。"

来自网易云音乐村民星空里的你 - 在《带我去找夜生活》歌曲下方的评论

房贷

Mortgage

世人慌张，不过图碎银几两。
可偏偏这碎银几两，能解世间各种慌张。
来自网易云音乐村民游骑兵 L_ 在《像我这样的人》歌曲下方的评论

我的父亲没有散文诗，他的日记本里只有给别人干活的工期。

来自网易云音乐村民由爱故生
在《父亲写的散文诗 (Live)》歌曲下方的评论

孩子
Treasure

记得旧时好，跟随阿爹去吃茶；
门前磨螺壳，巷口弄泥沙；
而今人长大，心事乱如麻。

来自网易云音乐村民吴羡寻欢
在《老爸》歌曲下方的评论

233

当我爸给我递烟的那一刻，
我知道这个家该由我撑了。

来自网易云音乐村民知癸在《父亲》歌曲下方的评论

别向生活低头，因为
父亲曾把你举过头顶。

来自网易云音乐村民 ru_nning
在《仰望星空》歌曲下方的评论

家长会

Parents' Meeting

刚想扯前排女生的头发，才反应过来我是来开家长会的。曾经以为老去是很遥远的事，突然发现，年轻是很久以前的事。

来自网易云音乐村民矢野義憲
在《Sonoran Sunset》歌曲下方的评论

爱情
Love

最初不相识，最终不相认。
如诗亦如是。

来自网易云音乐村民核实为桃
在《平淡日子里的刺》歌曲下方的评论

愿有人问你粥可温，
愿有人陪你立黄昏。

来自网易云音乐村民睡不着的时光机
在《很久以前》歌曲下方的评论

那一刻你心里有场海啸，可你静静站着，没有让任何人知道。

来自网易云音乐村民 f_ckli_es 在《山河故人》歌曲下方的评论

从你侬我侬的梦，
到你懂我懂的沉默。

来自网易云音乐村民 Camila--Cabello
在《舍不得 (New Remix)》歌曲下方的评论

无感

Insensibility

不用怕，不要愁，10 年后，所有的事，都只是下酒菜。

来自网易云音乐村民一发 - 不可收拾
在《最近比较烦》歌曲下方的评论

同学会
Class Reunion

我们在年少时并不知道，有些乐章一旦开始，唱的就是曲终人散。

来自网易云音乐村民 Gp_orb 在《耿》歌曲下方的评论

考完试，这辈子，这个班基本是聚不齐了。

来自网易云音乐村民芥末味的牛肉汤
在《不说再见》歌曲下方的评论

现实

Reality

本以为聚散离合都是美，
到头来柴米油盐都是诗。

来自网易云音乐村民 Dsowd 在《当你老了》歌曲下方的评论

你才摔了几跤，就说这是人生。

来自网易云音乐村民 mukkihai 在《山丘》歌曲下方的评论

局

Hobnob

从前你是我拒绝所有酒局的理由，
现在你是我连喝三杯不愿开口的秘密。

来自网易云音乐村民不爱寒假在《花花公子》歌曲下方的评论

为什么大家都困在一个"情"字里，释怀不了？

来自网易云音乐村民 sink 沉溺在《下雨天》歌曲下方的评论

你看"自由"这两个字本就条条框框。

来自网易云音乐村民 7014-z 在《玩具》歌曲下方的评论

笑得开怀，哭得坦率，
为何表情要被外界安排？

来自网易云音乐村民 Lollipop423
在《烟火里的尘埃》歌曲下方的评论

理想
Dream

承认吧，我们都是在夜里崩溃过的俗人。

来自网易云音乐村民司南 _-_
在《好想爱这个世界啊》歌曲下方的评论

从低谷来的人不会害怕低谷。

来自网易云音乐村民 Dilomeve1 在《裂缝中的阳光》歌曲下方的评论

当你的才华配得上你的野心时，
理想世界就到来了。

来自网易云音乐村民双鱼知真理在《理想世界》歌曲下方的评论

35
Thirty-five

我喜欢平淡，你也是。不过后来我们都接受不了平淡。

来自网易云音乐村民 Lalmost 在《再回首》歌曲下方的评论

结婚了，每天到家后都愿意在车里多坐一会儿，抽支烟，开车窗。是父亲、是丈夫、是儿子、是这个家庭的支柱，只有在车里是我自己。

来自网易云音乐村民 - 宿禾 - 在《越长大越孤单》歌曲下方的评论

难念的经
念的　　经

A Hard Scripture
to Read

李宗盛
Jonathan Lee

随着阅历渐丰，发现词曲不再是为赋新词强说愁，而是生活的白描。

来自网易云音乐村民 mrboy
在《寂寞难耐》歌曲下方的评论

人生三个阶段：认识到父母是平凡人，
认识到自己是平凡人，认识到孩子是平凡人。

来自网易云音乐村民暮岛嘿在《凡人歌》歌曲下方的评论

保险
Insurance

那一年我投了养老保险，不为别的，只为将来可以什么都不做，但可以天天陪着你。

来自网易云音乐村民 twtlrrrr 在《天天》歌曲下方的评论

戒烟
Smoking Cessation

我爸抽了 30 年烟，因为我妈 30 天鼻炎，戒了。

来自网易云音乐村民 vkhkug 在《戒烟》歌曲下方的评论

戒掉的不只是你，还有
过去义无反顾的自己。

来自网易云音乐村民小蒋 Onism
在《戒掉》歌曲下方的评论

哎
Sigh

"爱"字念久了，多像一声叹息。

来自网易云音乐村民 Hananana_yan
在《爱就一个字》歌曲下方的评论

哪吒放下自刎的剑，紧闭双眼双手合十，没有了愤怒与反抗，就像对生活妥协的我们一样。

来自网易云音乐村民久念唯心在《再见杰克》歌曲下方的评论

悄无声息地崩溃，
又悄无声息地自愈。

来自网易云音乐村民 dzr110
在《爱的代价》歌曲下方的评论

侥幸
Fluke

遇到你是侥幸，但在一起是命中注定。

来自网易云音乐村民 haohaoyoka
在《你（吉他甜蜜版）》歌曲下方的评论

**总被人当作看淡一切的洒脱，
其实是求而不得的无奈。**

来自网易云音乐村民 Katnisssss 丶在《How are U》歌曲下方的评论

看透
See Through

懂事的人连崩溃都要选好时间。

来自网易云音乐村民拜托不要恋爱在《我的宝贝》歌曲下方的评论

当你发现时间是贼时，
它早已偷光你的选择。

来自网易云音乐村民接吻高手
在《越过山丘》歌曲下方的评论

远方

Dreamland

后来长风一吹，我们把理想藏了又藏，眼里再无远方。

来自网易云音乐村民苏木在《画》歌曲下方的评论

我不会嫌弃我的鞋脏，因为这一路的艰辛只有它知道。

来自网易云音乐村民老僧 _- 在《海阔天空》歌曲下方的评论

年轻的时候，梦想在远方。
在远方的时候，梦想在家乡。

来自网易云音乐村民 Radiooooooo 在《牡丹江》歌曲下方的评论

兴趣
Hobbies

寻开心，寻开心，
开心嘛就是去寻来的。

来自网易云音乐村民矮斧歪
在《给你一瓶魔法药水》歌曲下方的评论

终于可以慢下来，
去做一点自己喜欢的事情。

来自网易云音乐村民娜娜 de 猴子颖
在《做个真的我》歌曲下方的评论

小时候父母给我报兴趣班，现在轮到我给他们报兴趣班，"鸡父母"计划开启！

来自网易云音乐村民培小米在《小刀会序曲》歌曲下方的评论

变老不是令人沮丧的事情，反而有时间慢慢感受不同的乐趣。

来自网易云音乐村民唐食神在《最浪漫的事》歌曲下方的评论

养生
Health Preservation

老了知道良药苦口，
但还是忍不住按时喝酒。

来自网易云音乐村民阿金金金金金啊
在《带我去找夜生活》歌曲下方的评论

一杯茶消磨半天，
不喜不悲，岁月安好。

来自网易云音乐村民吃不吃小馒头
在《琵琶语》歌曲下方的评论

悟

Awakening

人类用什么衡量爱？
用分开后的痛苦。

来自网易云音乐村民听闻里里
在《漠河舞厅·2022》歌曲下方的评论

我们已经和很多人
见过了此生的最后一面。

来自网易云音乐村民耳机才是人类的避难所
在《这世界有那么多人》歌曲下方的评论

人这辈子，最害怕突然把某一首歌听懂了。

来自网易云音乐村民你是饽饽么
在《电台情歌》歌曲下方的评论

时间是个自称包治百病的庸医。

来自网易云音乐村民用户 395173225 在《十年》歌曲下方的评论

人来人往
Come and Go

更年期
Menopause

岁月不是偷走妈妈青春的小偷，我才是。

来自网易云音乐村民暗恋小陈在《给妈妈的道歉信(Demo)》歌曲下方的评论

退休
Retirement

以前什么都无所畏，
现在什么都无所谓。

来自网易云音乐村民 Gwendolyntcwm
在《初恋》歌曲下方的评论

人生如茶要慢品，
岁月似歌要静听。

来自网易云音乐村民为生活奔搏
在《如风往事》歌曲下方的评论

钓鱼
Fishing

钓鱼就和年轻人的宿醉一样，并不会解决任何生活中的实际问题，但是必不可少。

来自网易云音乐村民 Moon 牟尔在《戒烟》歌曲下方的评论

音乐和酒精都不是生活的解药，
只有钓鱼才是中年人最终的归宿。

来自网易云音乐村民 cherik___ 在《带我去找夜生活》歌曲下方的评论

拿起鱼竿不是为了逃避家庭，
而是在接受自己。

来自网易云音乐村民不日 r 在《山丘》歌曲下方的评论

广场舞
Square Dance

"花开富贵"请求添加你为好友。

来自网易云音乐村民 moreandmore-lucky
在《最炫民族风 (Live)》歌曲下方的评论

老花
Presbyopia

以前总不相信长辈最有远见，老了以后才明白，人越老，越有"远见"。

来自网易云音乐村民阕山＿在《岁月神偷》歌曲下方的评论

做完白内障手术后，看到自己的老年斑和皱纹，吓了一跳。

来自网易云音乐村民在八角柜台的在《当你老了》歌曲下方的评论

送别
Farewell

曾以为老去是很遥远的事，才发现年轻是很久以前的事。时光好不经用，抬眼已是半生。

来自网易云音乐村民只是樱花未散在《思念》歌曲下方的评论

姑奶走的时候，瘫痪多年的姑爷爷拿出仅有的积蓄要给姑奶买棺椁，大伯他们都不同意。姑爷爷急得差点哭出来，我听到他对大伯说："你妈嫁给我这么多年，我从没让她受过委屈。这是我最后一次给你妈买东西了，我能为你妈做的最后一件事。"

来自网易云音乐村民小蜜獾 0936 在《爱情故事》歌曲下方的评论

时间告诉我什么叫衰老，
回忆告诉我什么叫幼稚。

来自网易云音乐村民他的胡渣
在《最好不相见》歌曲下方的评论

老友
Old Friends

愿 10 年以后我提着老酒，
愿你 10 年以后还是老友。

来自网易云音乐村民长夜看海在《老友记》歌曲下方的评论

不是影子一样的朋友，
只在光明的日子里相随。

来自网易云音乐村民 - 索大大大在《老友记》歌曲下方的评论

故事
Stories

每个人的裂痕，最后
都会变成故事的花纹。

来自网易云音乐村民 BORNSICK
在《会过去的》歌曲下方的评论

本该在秋天结束的故事，
因为你的一句问候又下起了雪。

来自网易云音乐村民 ikonichan7 在《必杀技》歌曲下方的评论

遇见是故事的开始，
也是离别的倒计时。

来自网易云音乐村民 R 逃跑计划
在《反差 (Live)》歌曲下方的评论

在那个蝉鸣不止的夏天，我安静地回头，同那个充满故事的门说"再见"。

来自网易云音乐村民 SyneZzz 在《Miss The Days》歌曲下方的评论

校友会
Alumni Association

**有些人坐飞机就能见到，
有些人坐时光机才可以。**

来自网易云音乐村民 ohgodshesEmma
在《走不出的回忆》歌曲下方的评论

后来才发现往往触及我们内心情感的东西，有时候只是一个瞬间，一句问候，一通电话，一部电影，一首旋律。

来自网易云音乐村民独一无二的阿俗在《无人之岛》歌曲下方的评论

医院
Hospital

在贫穷、灾难、疾病面前，所有平凡的喜悦，都是奇迹。

来自网易云音乐村民 Dear_Human
在《A Day at A Time》歌曲下方的评论

人生就是曲曲折折，步履蹒跚。

来自网易云音乐村民 wo 旋律在《一爱到底》歌曲下方的评论

答案
Answer

有人曾问金庸："人生应如何度过？"
老先生答："大闹一场，悄然离去。"

来自网易云音乐村民 Montillo 在《任逍遥》歌曲下方的评论

不确定的事就抛硬币吧，抛完一次你还想抛的话，答案已知晓。

来自网易云音乐村民淋湿的小鸟 _
在《心动日记》歌曲下方的评论

珍惜所有的不期而遇，
看淡所有的不辞而别。

来自网易云音乐村民 KnQuinny
在《来日方长》歌曲下方的评论

太急没有故事，太缓没有人生。

来自网易云音乐村民花鸟风月泰勒猫在《似是故人来》歌曲下方的评论

10 年前你说生如夏花般绚烂，
10 年后你说平凡才是唯一的答案。

来自网易云音乐村民张小诅咒在《生如夏花》歌曲下方的评论

A Dream

/梦一场/

退休金
Pension

旅行团
Tour Group

金婚
Golden Wedding

回忆
Memories

老年卡
Seniors Card

儿孙
Grandchildren

健忘
Forgetful

老小孩
Kidult

遗愿清单
Bucket List

逝去
Pass Away

退休金
Pension

很多人存钱总觉得存下的是自由与洒脱，其实更是许给自己的承诺。

来自网易云音乐村民今天月亮不太圆 D
在《迷途羔羊》歌曲下方的评论

不拼命工作，可能没钱养老。
太拼命工作，可能以后不需要养老。

来自网易云音乐村民心碎音乐电台在《你可别卷了》歌曲下方的评论

旅行团
Tour Group

最幸福的不是陪你慢慢变老，
而是在变老前一起走遍天涯海角。

来自网易云音乐村民瓦小荅
在《我们的爱》歌曲下方的评论

想和你坐着落日飞车去看橘子海，
听着盘尼西林的《雨夜曼彻斯特》。

来自网易云音乐村民 Ocean_WL
在《夏日漱石》歌曲下方的评论

金婚
Golden Wedding

曾经看过一段话："一个老人对自己的孩子说：'为什么现在离婚的这么多？因为你们这代人什么东西坏了都想着换，我们那时候都想着修。'"

来自网易云音乐村民红线里的红 1709 在《一爱到底》歌曲下方的评论

能与你相伴到老，
必定有趣而美好。

来自网易云音乐村民木直勿语
在《金婚》歌曲下方的评论

回忆
Memories

电影的四五年，也是镜头一晃……

来自网易云音乐村民不特殊的歌单在《把回忆拼好给你》歌曲下方的评论

不是喜欢听老歌了，
而是都有自己的故事了。

来自网易云音乐村民我热情随時在手裡
在《爱要怎么说出口》歌曲下方的评论

老年卡

Seniors Card

老王虽不富裕，但从没饿着小王。

来自网易云音乐村民周游_0 在《爸爸妈妈》歌曲下方的评论

儿孙
Grandchildren

盒子好小啊，小得只能装下一点点糖果。
盒子又好大，大得装得下一整个外婆。

来自网易云音乐村民珍不饿在《外婆桥》歌曲下方的评论

健忘
Forgetful

老头子急急走进卧室，把烟藏在家里的一个小角落，准备冲进洗手间将口中的气味嗽一嗽。突然，他停住了，原来老伴已离世半个多月了。

来自网易云音乐村民说你是不是很蠢萌
在《时间都去哪儿了》歌曲下方的评论

忘记了曾经的执着，
也没有了不顾一切的勇气。

来自网易云音乐村民赛文赛文依赖问在《健忘》歌曲下方的评论

老小孩
Kidult

谁不曾试过大闹天宫，最后我们都戴上了"紧箍咒"。

来自网易云音乐村民 Adale_ 在《一生所爱》歌曲下方的评论

遗愿清单
Bucket List

他们在离世时闭上了眼睛，却敞开了心灵。

来自网易云音乐村民 _INDARK_
在《La Vie En Rose》歌曲下方的评论

遗愿清单我也写过，上面五花八门，最后写了个总结就给撕了：去感受未曾经历的美好，或风景，或诗歌，或善意，这里没有，就去别处，旅行、期待，趁还活着。

来自网易云音乐村民刘 sir 你该备考了
在《Mr.Saturday Night》歌曲下方的评论

逝去
Pass Away

每个人都走在自己的日落大路上。生死是路的两端，哭声开始，哭声结束，生命的意义在于路中间的奔跑和寻找。加油！

来自网易云音乐村民我若如此不自然
在《日落大道》歌曲下方的评论

你要相信，他不是走向死亡，
他只是走出了时间。

来自网易云音乐村民李世仪呐在《借》歌曲下方的评论

张开双臂，蝴蝶落在他们身上。

来自网易云音乐村民缪悠笛 Yummi 在《Sweet Thang》歌曲下方的评论

全书中的好歌都在这里

◎ 网易云音乐

网易云音乐是网易旗下一款专注于发现和分享的音乐产品。
于2013年4月正式上线，2021年12月2日在港交所上市。

网易云音乐以"传递音乐美好力量"为使命，
将音乐产品从"播放器时代"带入"在线社区时代"。
作为深受年轻用户喜爱的音乐平台，
依托个性化推荐、歌单、乐评、一起听等众多创新功能，
网易云音乐改变音乐产品形态，为用户提供优质体验。

目前平台入驻原创音乐人超60万，月活用户1.82亿人，
曲库数超1.06亿首，超9成用户为90后、00后。

网易云音乐也是中国优质的原创音乐平台，
在业内对原创音乐进行持续扶持，坚定助推中国原创音乐繁荣发展。

慢品人生如茶，静听岁月似歌。